GW00871138

Conoce nuestros productos en esta página, danos tu opinión y
descárgate gratis nuestro catálogo.

www.everest.es

Dirección Editorial: Raquel López Varela
Coordinación Editorial: Ana María García Alonso
Maquetación: Cristina A. Rejas Manzanera
Diseño de cubierta: Francisco A. Morais

© Claudia Yelin
© EDITORIAL EVEREST, S. A.
Carretera León-La Coruña, km 5
ISBN: 978-84-441-4822-9
Depósito legal: LE-569-2013
Printed in Spain - Impreso en España

EDITORIAL EVERGRÁFICAS, S. L.
Carretera León-La Coruña, km 5
LEÓN (España)
Atención al cliente: 902 123 400

De aquí para allá

Cuentos para inmigrantes

Claudia Yelin

Ilustrado por Mª Teresa Ramos

La autora de este libro, Claudia Yelin, es terapeuta infantil. Ha ayudado a niños y, fundamentalmente, a sus padres, a pensar y procesar los cambios, duelos y dificultades que desencadena el proceso emigratorio. Este cuento está basado en su propia experiencia, pues emigró con su marido y sus dos hijas pequeñas a los Estados Unidos. Su experiencia ha sido una fuente de inspiración y aprendizaje para la realización de este libro.

El proceso de adaptación a la vida en otro país, desde el punto de vista infantil y del adulto, implica muchos retos: reaprender la vida cotidiana; asimilar los cambios; iniciarse en un idioma (caso de los padres) o en dos, como le ocurre al niño; controlar el torrente de sentimientos intensos que a menudo invaden y desbordan a los progenitores, quienes, enredados en la tarea de establecerse y ofrecer amparo a la familia, pueden perder la sintonía con el mundo infantil…

El desmantelamiento de la casa original, la despedida, la llegada a una vivienda vacía, la carga emocional que experimentan los padres, la ansiedad del niño cuando intuye que los adultos no son tan competentes como había creído… son algunos de los temas centrales que la autora nos ha sabido transmitir.

Su experiencia como terapeuta nos aporta las claves para saber actuar: no negar las percepciones del niño ni la vulnerabilidad de los adultos, conocer juntos esa realidad adversa, saber escuchar, disipar los miedos, aprender a tener confianza… Los obstáculos van tornándose en desafíos del crecimiento para los cuales se encontrarán soluciones.

Aunque este cuento refleja aspectos de la vida en los Estados Unidos, intenta ir más allá de lo particular de este país, ya que, independientemente del idioma y la geografía, existen aspectos que son comunes a cualquier circunstancia emigratoria.

Si bien todo libro dirigido a un público de tan corta edad supone la lectura en voz alta del adulto, estas historias están escritas específicamente para ser leídas por los padres a sus hijos pequeños, en beneficio de ambos. Más allá de auspiciar un momento de intimidad entre ellos, procura utilizar ese espacio para la elaboración mutua de los efectos que la emigración ha tenido sobre todo el grupo familiar.

A mis hijas Carla y Paula
que inspiraron estas historias.

1

Emigrar

Había una vez, y todos los días también, familias que se mudan para vivir en otro país. Eso le explica Andrés a su amigo Martín cuando vuelven caminando del Jardín de Infancia.

—Cuando uno se va a vivir a otro país, se llama emigrar —dice Andrés.

La abuela, que camina cerquita, escucha la conversación y se pone triste. Cuando se agacha para atarle los cordones de la zapatilla, Andrés ve que una lágrima se le resbala por la cara.

Andrés no se sorprende, pero tampoco dice nada. La verdad es que no se anima a preguntar qué está pasando que, de pronto, todos a su alrededor parecen tristes. Como si se les hubiera apagado la luz.

Todos menos su papá, que está muy serio, muy apurado y un poco de malhumor todo el tiempo.

Esa tarde, después de la merienda, Andrés y Martín juegan a emigrar a un país que queda en la Luna. Mientras la mamá y la abuela siguen hablando en la cocina, Andrés oye palabras que no conoce, como «permiso de trabajo» y «visa» y otras que le llenan la imaginación de aventuras, como «avión», «pasajes», «viaje».

Durante la cena, papá estaba más serio que nunca, mamá le hacía más caricias en la cabeza que de costumbre, y su hermanita estaba particularmente llorona. Andrés sabía que algo importante iba a suceder. Y no se equivocó.

El papá dijo:

—Andrés, ¿te acuerdas de que hace unas semanas hablamos de ir a vivir en otro país?

—Sí —contestó Andrés—, eso se llama emigrar —dijo, muy orgulloso de recordar una palabra que consideraba difícil.

—Precisamente —respondió su papá, e iba a seguir hablando, pero tuvo que interrumpirse porque a Marina se le cayó su

muñeca y comenzó a llorar como si se hubiera lastimado.

Mamá alzó en brazos a su hermana y aunque ella seguía haciendo pucheros, al menos había parado de llorar. Entonces, papá continuó:

—Hoy llegó la carta que estaba esperando de los Estados Unidos con un contrato para trabajar en ese país.

—Pero eso no puede ser —dijo Andrés un poco asustado—, yo no quiero que te vayas lejos y nos dejes solitos.

—Claro que no, Andrés —intervino entonces mamá—. Todos vamos a irnos con papá.

Andrés se quedó callado por un instante, pero pensaba rápido… rápido… rápido.

Estaba más tranquilo ahora que sabía que papá no lo iba a dejar solo con mamá y Marina. Pero entonces recordó la lágrima en la cara de la abuela esa tarde.

—Los abuelos también vendrán, ¿verdad? —preguntó.

El papá contestó que no; bajó los ojos y, concentrado en su comida, separó el arroz del resto del plato, para disimular la tristeza.

—Ellos se quedarán aquí, pero podrán ir a visitarnos a nuestra casa en Estados Unidos.

Por un segundo, que pareció muy largo, se hizo silencio. Todos se quedaron pensativos. Pero claro, el silencio se interrumpió porque Marina, una vez más, comenzó a llorar.

Esa noche, antes de dormirse, Andrés se quedó pensando y pensando, tratando de imaginar cómo sería vivir en otro país, pero no se le ocurría nada. Cuando mamá fue a apagar la luz, Andrés le preguntó si le iba a gustar vivir en otro país. La mamá se tomó un tiempo para contestar y Andrés se dio cuenta, cosa que aumentó el suspenso. Finalmente, mamá, eligiendo con cuidado las palabras dijo:

—Va a ser una verdadera aventura, una que viviremos los cuatro juntos, en familia.

Andrés tenía muchas preguntas para hacer, pero ya estaba tan cansado, que los ojos se le cerraban. Antes de quedarse profundamente dormido, dijo:

—¡A mí me gustan las aventuras!

Los días que siguieron a esa conversación fueron muy particulares. Cada tarde, a su regreso del Jardín de Infancia, Andrés se encontraba con que más cosas desaparecían de la casa, al tiempo que aumentaban las cajas, los baúles y las maletas. A Andrés le parecía que la aventura ya había empezado, porque se divertía muchísimo jugando a esconderse entre las cajas con su amigo Martín.

Finalmente, llegó el día de la partida. Andrés no sabía cómo se sentía. Por un lado, estaba muy entusiasmado con viajar en avión y muy curioso por saber cómo sería su vida en Estados Unidos. Por el otro, estaba triste por dejar su casa, la casa en la que había nacido, y por tener que despedirse de tantas personas que quería, como sus abuelos y su amigo Martín.

El aeropuerto era un tumulto de gente. Muchos fueron a despedirse y a desearles buena suerte. Papá estaba muy atareado con el equipaje. Mamá tenía muy fuerte de la mano a Andrés. Primero, él pensó que mamá tendría miedo de que él se perdiera entre tanta gente, pero después comprendió que mamá estaba nerviosa.

Besos, abrazos, llanto y, cuando quiso darse cuenta, ya estaba sentado en el avión, listo para lanzarse a la aventura. No tenía miedo, porque estaba con mamá y papá. Y, bueno, con Marina también.

Andrés durmió casi todo el viaje y mamá lo despertó para que pudiera ver por la ventanilla cómo aterrizaba el avión en los Estados Unidos.

En el aeropuerto los esperaba Leo, un amigo de papá que los ayudó a recoger el equipaje y montarlo en la camioneta. Mientras Andrés, muy vigilante, contaba las maletas y los bolsos para estar seguro de que nada se hubiera perdido, se preguntaba en su cabecita, sin animarse a hacerlo con la voz, adónde se dirigirían.

Se sentía por un lado contento de haber llegado, y al mismo tiempo, ansioso por no saber qué iba a pasar.

No ayudaba mucho ver que mamá y papá estaban muy cansados y que también parecían preocupados.

Pronto, sus preguntas comenzaron a tener respuestas. Leo les había reservado un apartamento que prometía ser muy lindo, en su mismo barrio. Si les gustaba, lo único que había que hacer era arrendarlo.

Andrés no sabía qué quería decir «arrendar», pero se tranquilizó igual.

¡El apartamento les encantó! Era grande, luminoso y las ventanas de la sala daban a un jardín muy bonito.

Pero lo mejor de todo fue descubrir, mientras los grandes bajaban el equipaje, que en el barrio había muchos niños que inmediatamente se acercaron a saludar a Andrés. Aunque, para su gran sorpresa, Andrés no entendió nada de lo que decían. Entonces se acordó de que su mamá le había explicado que en los Estados Unidos se hablaba otro idioma.

Ese día, la familia se acomodó en su nuevo hogar y aunque todo estaba vacío y no tenían ningún mueble ni ningún adorno, Andrés se puso contento: ya tenían un lugar donde vivir.

A la noche, casi en la oscuridad, la casa parecía un campamento, porque como todavía no tenían camas ni colchones, durmieron todos sobre mantas en el suelo.

Andrés pensó: «Voy a tener que aprender a hablar en inglés».

2
¿Qué hacemos aquí?

El primer día en Estados Unidos fue muy raro, pero también muy interesante.

La gente hablaba con palabras que Andrés no entendía, pero que escuchaba con gran curiosidad, porque no quería perderse ningún detalle. Mamá y papá tenían caras serias y andaban de aquí para allá, Andrés y Marina seguían atrás.

Por suerte, antes de cenar, tuvieron tiempo de jugar en las hamacas y el tobogán.

Cuando se hizo la noche, estaban todos tan, pero tan cansados, que se durmieron en el suelo sin chistar.

Pero cuando Andrés abrió los ojos por la mañana, no reconoció nada a su alrededor. Había soñado que estaba con su abuelo Sam, tomando un helado en la plaza de la esquina de su casa vieja; entonces, se había olvidado de que ahora vivía en otro país.

A la luz del día, la casa ya no le parecía tan atractiva. Andrés nunca había visto una casa vacía, sin ningún mueble ni adorno y echó de menos su cama, el cuadro del conejo en la pared y su cajón de juguetes.

Entonces, Andrés, apretando su oso, fue corriendo a buscar a mamá.

Ella lo recibió con un gran abrazo. Andrés notó que la cara de mamá no estaba tan sonriente como de costumbre.

Pero se sintió mejor cuando ella lo sentó en su regazo y los dos se quedaron un rato en silencio mirando por la ventana.

—Mami —dijo Andrés—, ¿ya empezó nuestra aventura?

—Claro. Ahora tendremos que descubrir cómo es la vida aquí.

—¿Y por dónde vamos a empezar? —preguntó Andrés.

La respuesta de mamá se hizo esperar. Andrés no estaba acostumbrado a esta demora. Mamá siguió mirando por la ventana y Andrés entendió que ella tampoco sabía por dónde empezar.

Para su alegría, después de una larga pausa, mamá dijo:

—¿Qué te parece si comenzamos con el primer desayuno en los Estados Unidos?

A Andrés se le pusieron contentos los ojos y el estómago, porque tenía mucha hambre.

Mamá fue a la cocina, y él la siguió. Mamá abrió el frigorífico, y él miró adentro. ¡Nunca había visto uno tan vacío! Solo había un envase de leche y un pedazo de queso.

Mamá puso una servilleta de papel en el suelo, y allí acomodó un vaso desechable que llenó con leche, y luego en un platito, también desechable, colocó unas galletas con queso. Andrés no sabía cómo reaccionar.

No había mesa, ni sillas, ni ollas, ni cubiertos, ni… ¡nada! ¡La casa estaba vacía!

Mamá comprendió, como ocurría muchas veces, qué estaba pensando Andrés. Entonces, sentándose a su lado, en el suelo, le dijo con una sonrisa:

—Las casas, antes de estar llenas, siempre están vacías.

—Pero yo nunca había visto una casa vacía —dijo Andrés.

—Claro —contestó la mamá—, porque cuando naciste, papá y yo ya habíamos com-

prado las ollas, los muebles y todos los adornos que hacían linda nuestra casa.

Mientras mamá hablaba, Andrés se acordaba de su cuarto y de los cuadros que colgaban en la sala, que tenían colores tan brillantes. Mamá siguió:

—Ahora, parte de nuestra aventura será convertir esta casa en nuestro lugar en el mundo. Tendremos que conseguir mesas y sillas y camas y ollas y adornos, pero esta vez, tú podrás ayudarnos a elegir.

Eso interesó a Andrés. A él le gustaba ayudar a mamá.

Cuando llegó el papá, Andrés estaba desempacando su maleta. Tan entretenido estaba al reencontrarse con sus juguetes, que papá tuvo que gritar para que oyera la novedad: ¡Ya tenían coche!

La familia en pleno salió corriendo para verlo y, sin demora, fueron juntos a dar su primer paseo en el nuevo país. Primero recorrieron las calles del barrio, pasaron por la escuela, y finalmente se bajaron en el centro comercial.

—Necesitamos platos —dijo mamá.

—Y sillas —añadió papá, a quien no le gustaba sentarse en el suelo.

La lista de lo que hacía falta crecía y crecía y crecía.

Pronto terminaron todos tan agitados e inquietos que terminaron con dolor de cabeza.

Por suerte, en medio de tanta confusión, mamá y papá habían podido comprar algunas cosas útiles.

Cuando llegaron a la casa, no había mesa, ni sillas, ni camas. Pero ahora el frigorífico estaba lleno, había ollas para cocinar y, aunque los platos todavía seguían siendo desechables, ese día mamá preparó la primera cena en la nueva casa, en el nuevo país. La comida tenía un gusto un poco diferente de lo esperado, papá protestaba porque no tenía silla, Marina lloriqueaba porque estaba cansada y mamá se notaba inquieta; sin embargo, Andrés pensó que su primer día en los Estados Unidos había sido muuuuy interesante.

La familia Capajomi, sin lugar a dudas, había comenzado a armar su nuevo lugar en el mundo.

Y de postre… ¡¡¡¡¡helado!!!!!

3

Comienzan las clases y las aventuras del Jardín de Infancia

El segundo día y el tercero y varios otros que siguieron fueron iguales al primero, pero, a la vez, totalmente distintos.

Andrés se despertaba todas las mañanas un tanto confundido sin saber muy bien dónde estaba. A veces se ponía un poco triste porque ya había comenzado a echar de menos a sus abuelos y a su amigo Martín.

Pero ese sentimiento no duraba mucho, ya que apenas terminaba su desayuno, comenzaba otra aventura. Cada día estaba lleno de sorpresas. Por ejemplo, una vez papá llegó con un colchón y otra, con una mesa. Después fue Leo quien entró sonriendo, siempre sonriendo, con una cortina y una sillita alta para Marina. Andrés pensó que la vida en el nuevo país era verdaderamente «sorprendente».

Para Andrés, era como magia: no tenía ni idea de dónde aparecían las cosas. Mamá le explicaba que algunas las compraban usadas y otras a estrenar, algunas eran regaladas y otras prestadas.

Pronto la casa comenzó a tomar forma y color. Papá ya no se quejaba, porque tenía su silla; mamá estaba contenta con los platos de loza y Andrés se sintió feliz cuando el cuadro del conejo, que tanto quería, apareció una mañana colgado en su cuarto.

Marina, por su parte, no decía nada, porque todavía no sabía muchas palabras, pero se la veía muy entretenida poniendo sus juguetes en su flamante cuna.

Andrés pasó la primera semana en los Estados Unidos, mirando, observando, jugando y descubriendo.

La segunda semana se presentaba un poco distinta. Muy distinta, a decir verdad, ya que Andrés debía comenzar a ir a la escuela.

Andrés ya la había visitado con mamá y papá. La maestra del Jardín de Infancia los recibió muy sonriente y les mostró la sala, el patio, el comedor y el gimnasio.

Cuando los niños volvieron del recreo, la maestra presentó a Andrés a sus compañeros. Todo quedó arreglado, Andrés comenzaría el siguiente lunes. Andrés estaba encantado: le gustaba mucho aprender y por fin comenzaría sus clases.

El lunes, mamá despertó a Andrés muy temprano. Durante el desayuno repasaron algunas palabras que la mamá le había enseñado en inglés. La más importante, pensaba la mamá, era la palabra baño, porque si de pronto tenía ganas… ¡Claro!, no era buena idea comenzar con un accidente el primer día de clase.

Andrés se puso su abrigo, su bufanda y su flamante mochila con forma de oso. Finalmente estaban listos para ir a la parada del autobús.

Caminaban un poco rápido, porque hacía frío, pero también porque mamá estaba nerviosa. Mamá caminaba rápido cuando estaba nerviosa. Andrés percibió que otra vez la mamá lo tenía muy fuerte de la mano, tan fuerte que casi le dolía. Pero se aguantó y no

dijo nada, porque justo cuando iba a hablar, miró la cara de mamá y vio que estaba triste, como ese día en el aeropuerto cuando se estaba despidiendo de la abuela.

Mamá hubiera querido acompañar a Andrés a la escuela, porque tenía miedo de que él solo se perdiera y no encontrara su aula. Andrés, en cambio, se sentía valiente y le dijo con mucha energía:

—No te preocupes, yo no tengo miedo.

Entonces la mamá sonrió, aunque había lágrimas en sus ojos.

Cuando llegó el transporte, Andrés subió con todos los otros niños que esperaban en fila.

Cuando llegaron a la escuela, Andrés se dio cuenta de que no se acordaba de dónde quedaba su clase, pero no se asustó porque se le ocurrió una excelente idea. Andrés tenía muy buenas ideas.

Rápidamente se fijó hacia dónde se dirigían los niños más chiquitos, y los siguió y los siguió y así llegó al aula donde la maestra lo estaba esperando.

Cuando la maestra le dio la mano, Andrés tuvo de pronto ganas de llorar. Se acordó

de su mamá y del camino que habían hecho juntos hasta la parada del autobús, y pensó que, en realidad, sí tenía un poquito de miedo. Pero casi se le pasó cuando vio las caras alegres de sus compañeros.

Andrés tuvo que prestar mucha atención todo el tiempo para deducir lo que sucedía a su alrededor, porque entender, no entendía ni una palabra. Igual pudo copiar las letras del pizarrón, dibujar con las pinturas y hacerse amigos. Estuvo tan ocupado toda la mañana, que no tuvo que ir al baño. Mejor, porque entre tantas cosas por aprender y recordar, se había olvidado la palabra.

A su regreso, la mamá lo estaba esperando en la parada del autobús y le dio un abrazo fuerte, fuerte antes de preguntar y preguntar por todo.

Andrés pensó que a veces mamá hacía muchas preguntas, pero a él le daba alegría saber las respuestas.

Andrés tenía muchas cosas para contar y no paró de hablar hasta que los ruiditos de su estómago le avisaron de que tenía mucha hambre y todavía no había probado su almuerzo.

Por la noche, justo antes de dormirse, Andrés oyó cuando mamá, muy orgullosa, le contaba a papá cómo se las había arreglado para encontrar su aula.

Andrés se durmió feliz. ¡Ese día había vivido una gran aventura!

4

Aprender un idioma es muuuy difícil

Todos los días, de lunes a viernes, Andrés se despertaba temprano para ir a la escuela. Eso ya era bastante difícil, porque le gustaba dormir hasta tarde. En cambio, Marina era muy madrugadora y siempre entraba corriendo a su cuarto para despertarlo.

Andrés quería mucho a su hermana y por eso casi no se quejaba cuando ella lo sacudía por la mañana. Claro que se enojaba un poco más cuando Marina no se contentaba con la sacudida e intentaba abrirle los ojos con los deditos.

Últimamente, sin embargo, Andrés no tenía paciencia con su hermana y la hacía llorar cada vez que se le acercaba. Le gritaba, le sacaba la lengua, le decía tonterías, y hasta llegó a darle algunos tirones de pelo.

La mamá se enojaba con él, pero Andrés encogía los hombros como diciendo: «qué me importa» y hasta miraba a mamá con cara seria.

Si la mamá le preguntaba: «Andrés, ¿por qué estás tan enfadado?», él no contestaba nada. La verdad es que le daba un poco de miedo sentirse tan furioso, pero tampoco él sabía por qué.

Por suerte, todos los días Andrés se encontraba con su amiga Dana y caminaban juntos hasta la parada del autobús. Dana también había llegado de otro país y hablaba un idioma que Andrés no entendía, pero igual se habían hecho muy buenos amigos. Dana no era como Martín, el amigo que tenía en su país. Andrés y Martín hablaban todo el tiempo y se entendían todo. Nadie comprendía cómo era posible que Andrés y Dana se hubieran hecho amigos hablando idiomas diferentes, pero a ellos eso no les molestaba y podían jugar muy bien y divertirse mucho.

Al regresar de la escuela, Andrés y Dana caminaban un trecho juntos y después cada uno se iba a su casa. Cuando se despedían, a Andrés se le encendía el malhumor, como si fuera una lámpara. Por eso, en cuanto llegaba, se dirigía inmediatamente a su cuarto y cerraba la puerta con un golpe.

Claro que antes tiraba su mochila por ahí y le pegaba patadas a todo lo que se le cruzaba por el camino.

Cuando Marina lo veía llegar, salía corriendo y se escondía detrás de mamá.

«¿Qué pasa, Andrés?», preguntaba mamá. Andrés contestaba: «Nada». «¿Te peleaste con alguien?», preguntaba mamá, y Andrés contestaba: «No». «¿Tienes hambre?», insistía mamá, y las respuestas a todas las preguntas eran «no, no y no», y «nada» también.

Andrés comprendía muy bien que su comportamiento disgustaba a mamá. Pero la verdad es que también le daba rabia que ella no supiera lo que le estaba pasando y que tuviera que hacer tantas preguntas. Mamá siempre se daba cuenta de todo y, justo ahora que se sentía con la cabeza toda revuelta, no tenía la menor idea de lo que le pasaba. Eso no ayudaba en lo más mínimo.

Un día, por la tarde, papá llegó del trabajo más temprano que de costumbre. Tenía la cara más que seria y cuando entró se fue

directamente a su cuarto y se encerró dando un portazo.

Aunque primero tiró su portafolio y dio una patada a los patines de Andrés que estaban en el camino. Mamá, Andrés y Marina lo vieron pasar como un viento fuerte y furioso.

Mamá abrió despacito la puerta del cuarto y le preguntó a papá si no se sentía bien. Papá contestó con una voz triste y desanimada:

—¡Es que hay días en que me cuesta mucho entender el idioma!

Mamá y Marina se quedaron mudas al oírlo. En cambio, Andrés se puso a llorar con tanta fuerza que casi se quedó sin respiración.

Papá se acercó y le dio un abrazo fuerte. Entonces, Andrés, entre sollozo y sollozo, exclamó:

—¡Es que es muuuy dificil! ¡Taaan difícil…!

—¿Qué cosa? —preguntaron juntos mamá y papá.

—¡El idioma! —contestó Andrés. Y siguió, ya que ahora no podía parar—: Todos dicen que los niños aprenden muy rápido…, pero yo soy un niño y no aprendo nada rápido. Y no entiendo, y no entiendo, y entonces me dan ganas de morder, porque no me salen las palabras que quiero decir, ¡¡y de pegar patadas para que no me hablen más!!

La familia Capajomi en pleno se quedó en silencio. Todos se habían puesto tristes. Luego Andrés miró a mamá y advirtió que ella estaba teniendo una idea.

Y no se equivocó, porque casi en seguida mamá dijo:

—Andrés, ¿será que estás enojado porque te cuesta entender?

—Sí —admitió, muy sorprendido, y se puso contento porque otra vez mamá sabía lo que le estaba pasando.

Todos estaban de acuerdo en que aprender el nuevo idioma era una tarea difícil y llevaba mucho tiempo.

Esa tarde siguió linda y divertida. Porque la familia Capajomi estaba muy contenta de poder estar todos juntos jugando y mirando televisión.

«Qué bueno que, en casa, todos entienden», pensó Andrés.

5

¿Qué es echar de menos?

Andrés entró corriendo al salón y encontró ocupado su lugar, en el regazo de mamá. Marina se había levantado temprano de su siesta y se había adueñado de mamá.

Verlas a las dos juntas, al lado de la ventana, un poquito le gustó, y se dio cuenta porque sintió cosquillitas en el cuerpo.

Otro poco no le gustó nada. Quería tener a mamá solo para él cuando se le ocurrían algunas preguntas.

¡Y ahora iba a tener que esperar!… ¿Y si se olvidaba?… Andrés se acordó de que ya se había olvidado la pregunta muchas veces.

Entonces, hizo ruido para que se fijaran en él, pero ni mamá ni Marina se movieron.

¡Parecían una estatua parlante!

Marina tenía una mano en la cara de mamá y la miraba fijo a los ojos y mamá tenía los ojos brillosos. Andrés advirtió que mamá hacía fuerza para no llorar.

Marina repitió «la» pregunta una vez más: «¿Pod qué llorabas el otdo día?». Andrés no podía entender por qué Marina todavía no había aprendido la respuesta, que él se sabía de memoria. Marina había hecho la misma pregunta un montón de veces. ¡Como cinco o seis o mil veces!

Entonces volvió a acordarse del aeropuerto el día de la partida y Marina estaba en brazos de mamá y la miraba así fijo a los ojos como ahora.

Mamá lloraba y le apretaba la mano y él no decía nada porque no se animaba.

Andrés nunca había visto llorar a una persona grande. Él pensaba que los grandes no lloraban y ver llorar a mamá lo hacía sentir… Bueno no sabía cómo lo hacía sentir, pero no le gustaba.

De pronto, Andrés se acordó de su pregunta… y ahora era el momento, porque Marina había soltado a mamá para ir a jugar con su muñeca.

Andrés se apuró a ocupar el lugar y rápidamente, pero sin mirar a mamá a la cara, preguntó:

—¿Qué es echar de menos?

Mamá le acarició el pelo y tardó un ratito en contestar.

—Echar de menos es… querer mucho a alguien que está lejos.

—Yo echo de menos a los abuelos —dijo Andrés.

—Yo también —dijo mamá.

—Y a Martín —siguió Andrés.

—También yo echo de menos a mis amigos —respondió mamá, pensativa.

—¿Echar de menos es triste? —preguntó Andrés.

—Un poco —contestó mamá—. Pero, cuando echamos de menos, recordamos y así también sabemos cuánto queremos.

Andrés miró por fin a mamá con curiosidad y cara de no entender.

Mamá sonreía ahora y añadió:

—Cuando queremos mucho a alguien, esa persona está para siempre en nuestro pensamiento y nos da mucha alegría cuando volvemos a encontrarla.

—¡Es cierto! —exclamó Andrés—. ¡Y también podemos llamarla por teléfono o verla por Internet!

—Claro —dijo mamá.

Andrés se quedó en silencio y tras una pausa volvió a preguntar:

—¿Se puede echar de menos un país?

—Claro —dijo mamá— y también, un idioma, una forma de hablar, un perfume…

—Y comida —agregó Andrés con entusiasmo— como las galletitas de la abuela.

Andrés y mamá se miraron a la cara y se echaron a reír, porque a los dos se les había hecho agua la boca pensando en las galletitas ricas de la abuela.

—Tengo una idea —dijo mamá todavía sonriendo—. Tengo la receta de la abuela. ¿Qué te parece si entre los dos intentamos hacerlas?

Andrés y mamá, y un poquito Marina también, mezclaron, amasaron, estiraron, cortaron y hornearon.

Más tarde, mientras las galletas se terminaban de hacer, Andrés fue a buscar papel y crayones para hacerles un dibujo a sus abuelos.

Mientras dibujaba, Andrés se percató de que estaba echando de menos a su papá,

pero enseguida se alegró porque sabía que pronto llegaría del trabajo.

Entonces, como casi todas las tardes, jugarían un rato, cenarían juntos y antes de dormir, papá le leería un cuento.

Andrés pensó que era una suerte no tener que echar de menos a mamá o a papá por mucho tiempo.

6

¿Y si me olvido?

Un día, antes de que Andrés regresara del colegio, mamá recibió una llamada telefónica de la maestra, quien le contó que Andrés no quería hablar ni una palabra en la escuela.

Entonces, cuando Andrés tomaba la merienda, mamá se sentó a su lado y empezó:

—Andrés, tenemos que hablar.

Andrés miró a mamá y comprendió por la expresión de su cara que no estaba contenta.

—¿Qué pasa que no quieres hablar en la escuela? —preguntó ella.

—Nada —respondió Andrés, apurándose para levantarse de la mesa.

—¿Cómo que «nada»? —insistió mamá, mientras le indicaba que se quedara sentado. Andrés entendió inmediatamente que no podría marcharse antes de terminar la conversación.

—Es que…. **NO PIIIEEENSO APRENDER A HABLAR EN INGLÉS**!!! —dijo Andrés pronunciando fuerte cada palabra y manteniendo los labios y los dientes apretados.

—Pero…, ¿por qué? —preguntó mamá y los ojos se le pusieron grandes y brillosos.

—Porque no —contestó Andrés, obstinado.

—«Porque no» no es una respuesta. Estoy segura de que tendrás alguna buena explicación.

Mamá le acarició la cabeza y esperó pacientemente a que Andrés contestara.

Andrés no quería decir nada, pero tampoco quería desilusionar a mamá y ella esperaba una buena respuesta.

—No quiero aprender a hablar en inglés porque me voy a olvidar cómo se habla en español y no quiero. Aparte, es muy difícil y me sale mal.

Andrés dijo todo de corrido sin parar para respirar.

—Vayamos por partes —dijo mamá—. ¿Por qué piensas que vas a olvidarte?

—No es que lo piense —respondió Andrés—, es que me da miedo. ¿Cómo voy a hacer para hablar con los abuelos y con Martín? Ellos no hablan en inglés.

—Es cierto que uno se puede olvidar —dijo mamá—, pero no es fácil olvidarse de cosas importantes. Cuando las personas quieren comunicarse, siempre encuentran una forma para hacerlo.

»Tú juegas con niños que en sus casas hablan otros idiomas y no hablan español.

»Pero, si aprendes inglés, te entenderán mejor y podrás pedir lo que quieres. Sabrás preguntar la hora, comprar un juguete, elegir lo que quieres comer.

»Decir lo que te gusta y lo que no te gusta. Contar quién eres y de dónde vienes.

»Si te duele algo, sabrás pedir ayuda.

»Podrás preguntarle a un amigo por qué llora o por qué está feliz.

»Tendrás la alegría de saber lo que pasa a tu alrededor. Si entiendes y te entienden, te sentirás más seguro en cualquier lugar.

»Sabrás hablar, leer y jugar en un idioma más.

Los labios de Andrés se aflojaron un poquito y casi comenzaba a sonreír. Pero, cuando estaba a punto de ponerse contento, se acordó:

—¿Y si me olvido…?

—Uno no se olvida de las cosas que quiere y tú quieres el idioma que te permite hablar y comunicarte con las personas importantes en tu vida.

»Pero, además… Hay un secreto —dijo mamá, y Andrés se quedó esperando hasta que, sin aguantar ya el suspenso, preguntó:

—¿Qué secreto?

—Uno solamente se puede olvidar de las cosas que sabe cuando no las practica y nosotros seguiremos practicando porque, en casa, seguiremos hablando en español.

Ahora sí la sonrisa de Andrés creció y se hizo grande y feliz.

Entonces abrazó a mamá y se apuró para ir a ver la tele.

Pero, a mitad de camino volvió, un poco nervioso, y preguntó:

—Mamá, ¿tú también aprenderás a hablar en inglés?

—Claro que sí, Andrés. Es cierto que es difícil, pero yo también tendré que hacer el esfuerzo.

Y mamá se sentó a mirar la tele con Andrés.

7

La visita de los abuelos

¡BIENVENIDOS!

Una mañana, tiempo después, la familia Capajomi en pleno —mamá, papá, Andrés y Marina— se preparaba para ir al aeropuerto.

Esta vez no eran ellos quienes viajaban.

Esta vez les tocaba recibir.

Esta vez… ¡venían los abuelos de visita!

Andrés estaba tan contento y tan impaciente que se levantó muy temprano, sin que nadie lo despertara, y se vistió solo y rápido, rapidísimo.

—¡Estoy listo! —dijo, mientras mamá y papá todavía estaban desayunando y Marina, aún con pijama, tomaba su biberón.

—Tranquilo, Andrés —dijo papá—, no te apresures tanto, que todavía tenemos mucho tiempo.

—Es que no podemos llegar tarde —contestó Andrés, apretándose las manos y sintiendo que la cara se le ponía roja.

—¿Por qué estás tan nervioso? —preguntó mamá mientras alzaba en brazos a Marina para llevarla a vestirse.

—Estoy nervioso —contestó Andrés—, porque no sé cómo van a hacer, cómo se van a arreglar.

—¿Cómo van a hacer qué? ¿Quién? —dijo mamá.

—Y quién va a ser: ¡los abuelos! —dijo Andrés, un poco furioso porque la pregunta le pareció tonta—. ¿Cómo van a arreglarse si no hablan inglés?

—No te preocupes, Andrés —intervino papá—, todos los aeropuertos son parecidos y los abuelos podrán encontrar la salida.

Y aunque el tiempo parecía no pasar, ¡por fin llegó el momento! La puerta se abrió y los abuelos aparecieron sonrientes empujando un carrito con maletas.

Andrés salió corriendo a abrazarlos. Marina, en cambio, se apartó un poco y no le gustó cuando los abuelos intentaron besarla.

Cuando llegaron a la casa, Andrés ayudó con el equipaje y les mostró su cuarto a las visitas. Marina estaba seria, muy seria, y se fue corriendo a mirar la pantalla del ordenador.

Y así estuvo un rato, yendo y viniendo, hasta que mamá comprendió qué estaba pasando: Marina no podía acordarse de los abuelos, como se acordaba Andrés, porque era muy chiquita cuando emigraron, pero sí estaba acostumbrada a ver a sus abuelos en la pantalla del ordenador.

Eso a Andrés le dio mucha risa.

Más tarde, Andrés salió a dar un paseo por el barrio con la abuela. Y mientras caminaban, Andrés le contó todo. Pero todo, todo: sus **nuevos** amigos, su **nueva** escuela, el **nuevo** idioma, las **nuevas** comidas.

Al final dijo enfáticamente:

—¿Comprendes abuela? ¡Todo es **nuevo**!

La abuela sonrió, y contestó como si estuviera soñando:

—No solo comprendo, también me acuerdo.

Andrés se detuvo de repente y exclamó:

—¿Cómo es posible que te acuerdes de lo que me pasó a mí?

—Por supuesto que no me acuerdo de lo que te pasó a ti, sino que me acuerdo de lo que me pasó a mí, porque cuando yo era pequeña, mis padres también emigraron.

¡Andrés no lo podía creer!

La abuela le contó del viaje, que no había sido en avión, sino en barco, y que había durado muchos días.

También del idioma desconocido, que no era el inglés, sino el español. De la escuela nueva, de las comidas nuevas y de cuánto, cuánto había echado de menos a sus amigos y a sus abuelos.

—Cuando yo era una niña, no se usaba mucho el teléfono y no existían los ordenadores. Por eso yo escribía cartas a mis abuelos y las ponía en el buzón de la esquina de mi casa.

»Después me quedaba esperando al cartero. Mi abuela me contestaba siempre, pero las cartas tardaban mucho tiempo en llegar —continuó contando la abuela.

—¡Qué suerte que ahora todo es rápido! Sólo tengo que apretar una tecla y te llega mi carta. Además, puedo verte en la pantalla del ordenador cuando hablamos por teléfono —dijo Andrés muy contento.

Andrés y su abuela se sentaron en un banco en la plaza y hablaron y hablaron hasta que comenzó a oscurecer. Entonces, decidieron regresar a la casa.

Al llegar, antes de abrir la puerta, Andrés preguntó:

—Abuela, ¿las personas siempre han emigrado?

—Sí —dijo la abuela—. Siempre.

Entonces Andrés pensó que su historia no era tan distinta, después de todo.

8

Nuestro lugar en el mundo

Un día, cuando Andrés llegó de la escuela y abrió la puerta de su casa, tuvo una sensación extraña, pero para nada desagradable. Por el contrario, sintió que la alegría le hacía cosquillas de la cabeza a los pies.

La casa parecía iluminada en ese día tan primaveral. Todo estaba en su lugar, ya no había cajas con objetos por guardar, ni libros apilados porque no había biblioteca, ni paredes peladas porque no había cuadros. Había mesa y había sillas, había camas y cubrecamas y hasta flores en el jarrón del comedor.

Andrés recordó cuando había llegado a esta casa por primera vez y se impresionó de verla vacía. Mamá le había dicho: «Tendremos que convertir esta casa en **nuestro lugar en el mundo**». La respuesta de mamá lo había consolado, más por la voz y las caricias, que por entender con claridad qué quería decir.

Mamá vio que Andrés estaba pensativo cuando se sentaron en el porche a tomar la merienda.

—¿Qué estás pensando? —preguntó.

—¿Qué es el mundo? —contestó Andrés con una pregunta.

—¿Qué es el mundo? —repitió mamá—. Esto sí que es algo difícil de contestar.

»El mundo es todas las personas, todos los países y todos los idiomas que existen —comenzó.

»Y mucho, mucho más. La idea de mundo es inmensa, incluye a toda la tierra y los animales y las montañas.

—Y los árboles, y los ríos —Andrés siguió la lista con gran entusiasmo—, y los coches, los helados, los cuentos…. ¡Todo! ¡Hasta la luna y el sol!

—Un momento —dijo mamá—, no tan rápido. La luna y el sol forman parte del universo. El mundo también.

»El universo es mucho más grande que el mundo. Incluye el cielo, las estrellas y planetas… —siguió diciendo mamá.

Los ojos de Andrés se pusieron grandes tratando de imaginar el universo.

—¿Podemos subirnos a un avión y viajar por el universo? —preguntó.

—En avión podemos viajar por el mundo, pero no por el universo —contestó mamá—. Algún día, tal vez, podremos recorrer el universo en naves espaciales y en vez de ser simples pasajeros, seremos astronautas.

Andrés se olvidó completamente de sus galletas. Se imaginó en una nave recorriendo el espacio. Pero de pronto… Aterrizó. Entonces se acordó de lo que estaba queriendo averiguar.

—Y nosotros, ¿dónde vivimos?

Mamá pensó y pensó y también sonrió. Después dijo:

—Nosotros vivimos en una casa, que está en una calle, que queda en un barrio, que es parte de una ciudad, dentro de un país que está en el mundo y… dentro del universo.

Mamá dijo todo junto, rápido y sin respirar. Después le dio risa. Pero Andrés no se rio. Estaba muy serio.

—Pero, mami —preguntó un poco nervioso—, esta casa, que está en una calle, que queda en un barrio, que es parte de una ciudad, dentro de un país que está en el mundo y dentro del universo ¿es nuestro lugar en el mundo?

Mamá miró a Andrés con los ojos llenos de lágrimas. Se había emocionado. Ella también se acordaba de ese primer día en el nuevo país, cuando Andrés se despertó por la mañana y se encontró con la casa llena de nada y se puso tan triste porque echaba de menos a su casa vieja y a su amigo Martín y a sus abuelos. Ese día le había dicho que tendrían que convertir esa casa vacía en «nuestro lugar en el mundo».

Mamá pensó en todas las cosas que habían logrado, no solo porque la casa estaba bonita, sino porque toda la familia había aprendido un montón de cosas nuevas y estaban por fin contentos en el nuevo país.

Mamá abrazó a Andrés y exclamó sonriente:

—Sí, este es nuestro lugar en el mundo y en el universo también.

—Nuestra casa que está en una calle, que queda en un barrio, que es parte de una ciudad, dentro de un país que está en el mundo y dentro del universo —recitaron juntos los dos.

9

Graduación

Pasó el otoño y a los árboles se les cayeron las hojas.

Pasó el invierno e hizo mucho frío.

La primavera llegó con sus flores de todos colores y comenzó a hacer más calor.

El verano, que estaba escondido detrás de la primavera, empezaba a asomar.

Muchas cosas le habían ocurrido a Andrés mientras el tiempo pasaba y cambiaban las estaciones.

Se había mudado a vivir a otro país y ya se había acostumbrado.

La casa nueva, que estaba vacía, se veía muy bien ahora que estaba vestida con muebles y adornos.

Tenía amigos nuevos y no por eso había olvidado a su viejo amigo Martín.

Aprendió a hablar en inglés, y comprobó con alegría que no se olvidó del español.

¡Sabía hablar los dos idiomas! Y la maestra estaba muy contenta con su participación en clase.

Además, ya estaba empezaba a leer y hasta a contar de cinco en cinco.

También sabía recortar, pegar y pintar…

Y ahora las clases ya estaban llegando a su fin y Andrés estaba terminando su primer año de escuela en los Estados Unidos.

Andrés se graduaba del Jardín de Infancia y en su clase habría fiesta.

Mamá y papá estaban contentos y miraban a Andrés con muchísimo orgullo.

Le decían: «¡Qué bien hablas!» o «¡Qué grande estás!».

Esas miradas y esas palabras le daban mucha alegría a Andrés.

A él le gustaba eso de crecer y aprender. Pero lo que no le gustaba nada era la idea de mudarse de Jardín de Infancia a primer grado.

Por eso cuando todos se preparaban para asistir a la fiesta de graduación, Andrés se fue a su cuarto y dijo que él no pensaba ir.

—¿Cómo que no quieres ir? —preguntaron juntos mamá y papá.

Nadie entendía qué le pasaba a Andrés, porque todos sabían que le encantaban las fiestas.

Pero entonces Andrés dijo:

—No quiero **MUDARME** de clase. ¡Otra vez cambiar todo! Eso es como **EMIGRAR**. Voy a echar de menos a mi maestra y a mis amigos.

Como siempre cuando Andrés se preocupaba o se ponía triste, mamá le acarició el pelo y lo abrazó.

Y entonces dijo:

—Todo cambia todo el tiempo. Fíjate qué grande estás, y mira, Marina ya no usa pañales. Y pasar de grado no es como emigrar, es más parecido a ganarse un premio.

—Además —añadió papá—, no cambiarás de país ni de escuela. Conservarás a tus amigos y podrás visitar a tu maestra.

Andrés se animó. Recordó que le gustaban las aventuras y también los premios.

La fiesta de graduación fue maravillosa. Todos recibieron sus diplomas, cantaron y comieron golosinas.

Al salir de la escuela, Andrés y su familia posaron para una foto.

Y cualquiera que los hubiera visto se habría dado cuenta de que la familia Capajomi estaba muy contenta y tenía muchas cosas para celebrar.

Cuántas cosas buenas habían vivido desde el otoño en que llegaron al nuevo país.